幼兒全語文 階梯故事 系列

香味和臭味

袁妙霞　著
野人　繪

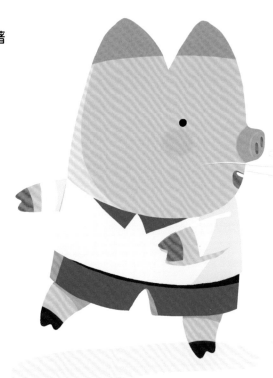

園丁文化

大豬和小豬放學回家。

小豬問：「這是什麼氣味？」

大豬答：「是花園裏花朵的香味。」

小豬問：「這是什麼氣味？」

大豬答：「是鵝媽媽做蛋糕的香味。」

小豬問：「這是什麼氣味？」

大豬答：「是⋯⋯是我放屁的臭味。」

導讀活動

 提問

進行方法：

❶ 讀故事前，請伴讀者把故事先看一遍。
❷ 引導孩子觀察圖畫，透過提問和孩子本身的生活經驗，幫助孩子猜測故事的發展和結局。
❸ 利用重複句式的特點，引導孩子閱讀故事及猜測情節。如有需要，伴讀者可以給予協助。
❹ 最後，請孩子把故事從頭到尾讀一遍。

封面

1. 圖中的大豬和小豬經過什麼地方？
2. 你猜他們聞到什麼氣味？是香味還是臭味？
3. 請把書名讀一遍。

 P2

1. 大豬和小豬在回家的路上。他們穿着什麼？背着什麼？
2. 你猜他們從哪裏回家呢？

 P3

1. 前方是什麼地方？你猜他們聞到什麼氣味？
2. 看看他們的表情，你猜他們喜歡這種氣味嗎？

 P4

1. 你猜對了嗎？
2. 他們聞到的香味來自什麼東西？

 P5

1. 前方是什麼地方？你猜鵝媽媽在做什麼？
2. 你猜大豬和小豬聞到什麼氣味？他們喜歡這種氣味嗎？

P6

1. 你猜對了嗎？
2. 他們聞到的香味來自什麼東西？

 P7

1. 看看小豬的表情，你猜他聞到怎樣的氣味？香味還是臭味？
2. 看看大豬的表情，你猜這氣味是從哪裏來的呢？

 P8

1. 你猜對了嗎？
2. 小豬喜歡這種氣味嗎？他聞到這種氣味，有什麼反應？

9

知識點

鼻子的功用

鼻子除了用來呼吸外，還可以嗅出各種氣味，並判斷氣味的來源。

香味

香味是我們愛聞的氣味，聞到香味時，我們通常會深呼吸，享受一下這種令人愉快的氣味。很多食物、花朵和香水都能發出陣陣香味。

臭味

臭味是我們不愛聞的氣味，聞到臭味時，我們通常會用手掩鼻，面露不悅的表情。發出臭味的東西包括糞便、臭屁、垃圾、污水等。

字卡

❶ 把字卡全部排列出來，伴讀者讀出字詞，請孩子選出相應的字卡。
❷ 請孩子自行選出多張字卡，讀出字詞並口頭造句。

請沿虛線剪出字卡。

香味	臭味	放學
回家	這是	什麼
氣味	花園	花朵
鵝媽媽	蛋糕	放屁

幼兒全語文階梯故事系列
第2級（初階篇）

《香味和臭味》

©園丁文化

幼兒全語文階梯故事系列
第2級（初階篇）

《香味和臭味》

©園丁文化

幼兒全語文階梯故事系列
第2級（初階篇）

《香味和臭味》

©園丁文化

幼兒全語文階梯故事系列
第2級（初階篇）

《香味和臭味》

©園丁文化

幼兒全語文階梯故事系列
第2級（初階篇）

《香味和臭味》

©園丁文化

幼兒全語文階梯故事系列
第2級（初階篇）

《香味和臭味》

©園丁文化

幼兒全語文階梯故事系列
第2級（初階篇）

《香味和臭味》

©園丁文化

幼兒全語文階梯故事系列
第2級（初階篇）

《香味和臭味》

©園丁文化

幼兒全語文階梯故事系列
第2級（初階篇）

《香味和臭味》

©園丁文化

幼兒全語文階梯故事系列
第2級（初階篇）

《香味和臭味》

©園丁文化

幼兒全語文階梯故事系列
第2級（初階篇）

《香味和臭味》

©園丁文化

幼兒全語文階梯故事系列
第2級（初階篇）

《香味和臭味》

©園丁文化